U0065782

我「準備」什麼？

你「正在寫作」嗎？

什麼是「先於」的作家？憑依天份，以寫作完成「作品」？

什麼是「後於」的作家？持續在「準備成為一位作家」？

「文學空間」是什麼？

我為寫作準備了什麼？我該做什麼？

essai
想像
不可共量
迷宮
文學空間
寫作的準備
我

嘗試。

在寫作中讓意識去審視、試驗、考慮，
讓意識在其自身中延展。

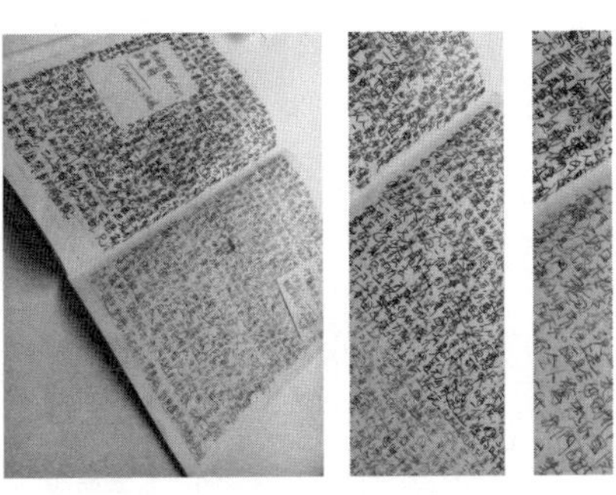

圖片提供／朱嘉漢

朱嘉漢 

黃以曦 

一、essai

以曦，妳與我並不熟識，近乎陌生。從談論 essai 開始，或許是個不錯的選擇。說“essai”（英文的 essay），而不以「隨筆」，是基於一種還原、一種重新看待的欲望。essai，當然讓人想起蒙田，這個文類的開創者。我仍印象著，〈致讀者〉開頭那，蒙田真誠地對「**讀者**」說話：此書只是作者的閒談，沒有目的與教誨，十分無用，但無比真誠。

在我看來，essai較一般認定的**散文**（prose）更富知性而不耽溺於抒情；相較於**研究**（study、research），即使經常深入議論主題，但沒有所謂的方法與規範。更重要的是，essai沒有客觀的必要——不但主觀，更是個人的、甚至偏見的。即使essai在蒙田那裡看見了隨性與無拘束的書寫，但其中思想的力量與談論觀察事物，專注得似乎遠遠超越「隨筆」能指涉的。以法文而言，essai這個字會讓我聯想起essayer，「**嘗試**」的動詞。不去深究詞源學的話，它其實反映了這種文體的基本精神：嘗試。在寫作中讓意識去審視、試驗、考慮，讓意識在其自身中延展。相對於完整、組織，essai總是「**發展中**」，不是將「（書寫者）我」呈現為一個面目清晰的客體，而是**思考中並變化中的主體**。

essai或許是最能直接面對作者如何思考的文體之一了。我何以迷戀？至少我喜歡一個人的essai時，我也許也能毫不猶豫宣稱喜歡這個essayiste了（相較於小說與小說家、詩人與詩，面對這問題我會猶豫），同時它並非日記與自傳的那種「私我」。喜歡哪個人的essai，如同喜歡那位essayiste。雖然所有的分類都有缺陷，我仍想說：「擅長essai的作家，或書寫的特質近乎essai的，都令我迷戀」。譬如帕斯卡、盧梭、梵樂希，或是班雅明、羅蘭．巴特與蘇珊．桑塔格。他們的寫作總是主題豐富且靈動，未必完整甚至經常未完成，但是非常明顯的是，他們難以被歸類與定義。若說他們是哲學或文學，那也是將哲學與文學書寫的可能性擴大了。他們總是開創性的，而不是追隨性的，更不會是總結性的。順道一提，我最喜歡的社會科學論文是牟斯的《禮物》，雖說是在論文的規範裡，然而標題的"essai"（原名 Essai sur le don，即是關於禮物的 essai）卻讓整個研究有了同樣的，屬於一種原創性的 essayiste 才能寫出的自由與前人所未見。

當然，喜愛柏拉圖的蒙田，沒有採用對話錄的形式，而是以 essai 的文體實踐，一種更近於與自身對話的文類。其中似乎有一種共通的精神在裡面。

謹以此開啟我們的對話。

嘉漢，你談到的essai，那於我是這樣的場景：對所有事抱有著迷的好奇，跳入其中，進行各種思辨，試著將那個結果用日常的節奏帶回、注入生活，是那樣對萬事萬物的既純真又世故。熟練精緻的語言，卻又堅持琢磨在一種同樣準確但富有孔洞的語言的耐心。

之於散文與論文，當人們對essai是陌生的，那或者是因為essai這個文類，相對無法立即之用。它不像散文可以某一筆抒情去熨貼共振的情感，無法如論文的鏗鏘、有效砌築一個結構。Essai更多是種在路上、在之間、在過程之中的反覆斟酌與錘鍊。

耐人尋味的是，essai之不斷以理性去洞察、勾勒某飄忽的概念，卻又同時謹慎但絕對誠實而敞開地從情感去震盪出韻律，以及與人，或說靈魂，最貼近的氣味，讓essai的本質正是一篇優秀散文與論文的必經階段。

但在什麼時候，它會不只是朝向別種文類、誰的某個階段、而要自成一格呢？那是當作者對該個理性與感性的使用，拉出一落新的反思維度，把追尋某個情感或論理之於文明或個人的迫切，全新上綱。如此，就找到了關於非感受不可的感受、關於非思考不可的思考。

你說essai擴大了哲學與文學的可能性，我覺得essai之能擴大其可能性，恰恰在於essai是回返源頭、降落在那個原初場景、那個初衷，從頭召喚那些已被遺忘、未曾被延續的**懸止**（aporia）、沉吟與思索。

最開始時，事情是怎麼樣呢？其實就只是一個人，無所遮蔽、無所逃避，思緒如水，故事如雨，這麼樣追迫，然後他殺出血路，一枝筆、一落紙，然後有了一部完成或未完成的作品。essai的氣質主要來自這種「無可憑依」：沒有現成的思考工具、故事引擎，一切俱是新的。親手編織，也將編織的過程編織進來。

比起散文和論文，essai底，作者的正在寫作、正在思考，那樣的雙層性、後設性，更為明顯，這或許令得它們如你說的「**未必完整甚至經常未完成**」，但essai儘管因這份雙層的思索過程而必須花更多力氣來讓成品均勻、穩定地攤開在單一介面（如同一切寫作的宿命），但我也想說，有某些看似不完整、未完成的東西，那真是一個開口、是此彼維度間的縫隙，那個裂口是數個世界的交會點，原本的定局正在鬆動……。而該個懸空、危險、赤裸、不可能完整與現成的處境，正是「**正在寫作**」。

在文學裡，

每個人同時可以是第一個人與最後一個人；

是最獨特的人也是沒有個性的人。

二、文學的兩種類型

以曦，談論這個問題，我泛起了一點矛盾的情緒。如果我們相信文學是有諸多可能的（即使未必是擁有全部的可能），談論起文學的兩種類型會不會令我們陷入迷失？甚至提出反思問題，亦有進入有無之辯的徒勞感。我猜想這個正在實踐的計畫還是有這般的彈性。我們可以佯裝天真，一如柏格森的策略：「**我們暫時假裝對物質論與精神論毫不知情。於是在面前的，只有影像。**」至少，我得相信我們仍然可以想像的。不談論「文學的兩種想像」存在與否或該是什麼，而是去「**（試著）想像文學的兩種想像**」。

相較於冷靜地與熱情的、天然生成的或計劃打造的、緬懷過去或朝向未來的、保守的或前衛的、關注現實的或關注觀念的、率性的或多感的、爆發的或持久的……就我有限的舉例，不免導向一種結論：會不會以二元的方式討論下去，這些表面不論相似或相異的對立項，儘管不是同義反覆，但可能會是每個寫作者或讀者依其所好、所見當然還有所需，提出的修辭選擇？然而，在不排除有個大寫的文學在的假設下（諸詞語殊異皆可能指向同一），使用的詞語不同，便是不同的事實想像了。

我寧願跟妳談的，不是直接的文學本身，而是「**先於**」的作家與「**後於**」的作家。先與後，關乎寫作本身。以此暫時歸類，一種是「先於」寫作的作家，另一種則是「後於」寫作的作家。我並非想談論寫作的天份或努力這件事——譬如前者歸於天份，後者歸於努力。

記得甚早踏上寫作這條道路的大江健三郎，一開始就意識到，若要成為能持續的寫作的作家而非是一閃即逝的天才的話，他必須找到方法創造出一個屬於自己的寫作生命（譬如日後我們看到的，不斷重寫自己的大江）。對我而言，他是「先於」的作家：既然已選擇或別無選擇成為了作家，因而要去完成一種寫作實踐。換句話說，「先於」的作家得面對的是「**想像一種（或多種）寫作**」，以寫作去完成「作品」。我想著酒精中毒間恍惚寫作的莒哈絲，或是趕在華麗自殺展演前完稿的三島由紀夫，或是我們可能一開始想談的、對社會空間中的文學為何物如此明瞭並為了成為一位獨特於文學史中的作家的福樓拜，是如何一次一次為了捕捉語言而徹底挫敗，癱倒，再一片一片把自己的語言拼湊回來。

相對而言，「後於」的作家所面對的想像是「**成為作家**」這件事。「作家」像是一個無法被允諾的目標，是最終也是無法到達的「**作品本身**」。譬如隱匿地寫下大量未完成作品、又要求密友毀去手稿的卡夫卡；或是瀰漫著土星氣息的、無可選擇的遊手好閒者班雅明。私心而言，我希望把「essai」作家都放在裡面。在進入《追憶似水年華》前的普魯斯特，是想寫一本叫《駁聖伯夫》的essai集的。不論是哪一部，他總想與亡母對話，談談文學，談談自己想成為作家這件事，以及不斷地自覺自己不會是母親會喜歡的作家。所謂的書寫，到最後換取的，不過是他在《追憶》最後所說的，「**準備好成為一位作家**」。

允諾為作家卻不被允諾書寫，允諾書寫卻不允諾能成為作家，這種二擇一是我的異想。這兩種作家相遇，幸運的話，也許會像照鏡子般感到親切。並能不困難地，想像自己是另一種人，進行另外一種寫作與成為另一種作家吧。

嘉漢，我記得我們會帶到這個題目，是因為聊到村上春樹在早年曾多次把自己和太宰治那樣形象的作家對比，一方面稱自己沒有那種燦爛的天賦，卻一方面暗示，或明示，他擁有的可是個儘管慢而鈍，卻能永續燒燃的寫作生命。關於此的討論，且發展到村上甚至建立了從「**剃刀的鋒利**」，到「**柴刀的鋒利**」，再到「**斧頭的鋒利**」的光譜。而又以及，在村上小說中，總有跑馬拉松式的主角，搭配某來自記憶深處的跑百米式的故人，後者又帥又有錢又討人喜歡，可是，人生那麼長，那樣衝刺，旋律會亂掉，而一旦失去平衡，就什麼也沒有了。

我同意嘉漢你對於將文學內或外的種種以二元做區隔的不安，但從村上的例子、也從某種經驗而來的一般性感受，我感覺確實分立著某種兩極。你提到的諸多的可能，或全部的可能，不其實正在兩極所拉出的區間嗎？可能性，畢竟由區間外的「**無所謂可不可能**」給辯證地確立的。

儘管有無數種文學的面向與層次，但什麼都不想地感覺那個空氣，冷或熱、粒子或波動，此與彼的意象似乎真可以這麼樣化約卻簡潔地被界定。

而你談到的作家，則是另個圖式的「**分類**」。當冷靜與熱情、計畫打造與天然生成，是虛造的極點，在橫軸上平移，以摘指不同的氣質，「先於」與「後於」的作家，其關係卻是**不可共量**（incommensurable）的。

你為文學界定的兩種類型，我感覺到這樣的意象：「**先於**」的作家，懷疑眼前的現實，因而必須創造一個完結、封閉的世界，創造一張，每階深淺都錯綜綿密的圖景。而「**後於**」的作家，則好深地沉進現實，就此委身，現實再無法是平面的、既定的，而是每細節都有縱深，每組光影，都鏡射繁衍的迴廊。

「先於」的作家沒有面貌。是啊，如何能有個堅實的形象？當一切曾被見證、被追溯的他們的模樣，不過是一齣齣延伸的表演——畢竟只能這樣，才能將外面的世界給收編進來。「先於」的作家「**本人**」，將只能是貫穿全部作品那落秩序。他們是所有事項，卻不會有單一一個對應的、立體的形象。

「後於」的作家，似乎更接近傳說中作家的樣子——有個人，在這世界，一個無可懷疑的身影，對著紙筆，有字句朝下一頁爬。那些完成或未完成的作品，與現實處於反饋迴圈。

兩者，是世界之外與內的不可共量，它們是如何作為你說的鏡像呢？我的想像是，那不是純粹的此與彼的對照，而是互相給對方提示了鏡中鏡的增生：當「先於」的作家造起了一套秩序，深深入戲，那麼全然繳出地相信著，則關於這個世界的書寫，無論從外面看來多麼邊界儼然，對寫作者而言，那仍是無處不在的潮潤、是沒有且不可能被關閉的。而「後於」的作家呢，對現下的多少洞察、多少著魔，這麼樣抄起筆、開始寫，當該個動作必定肇致 irony —— 一套新的秩序無法不就此展開，如此，無論這齣與現實相滲透的書寫有多麼滴淌而難以收束，它必定，也已經，隸屬某確然的造景。事情已是定局。

果然，分類終於徒勞，在各種或唯一一種書寫底，差別的或不是任何具體的類別，而是籠罩它且由此展開的某種或稱為文學空間的什麼……。

創作出一個可以讓自己迷失的空間，
或，
在一個空間中迷失而創造自己。

三、文學空間

似乎一種原本對我們不可或缺的東西，我們最保險的所有，從我們身上給剝奪了：這就是交流經驗的能力。

以曦，我發現，之於我，文學空間確實無法談論，無論要理論之或是以經驗具體言之。一直以來我無法確定，我說不出（說不好）一個故事，究竟是缺乏經驗，還是缺乏語言。我認為一個好的文學書寫者，多半是好的地誌學者。即便以時光為主題，普魯斯特依然需要召喚起完整的貢布雷才能回憶，要有「**地方的名字**」（《追憶似水年華》第一卷第三部分）；而《城堡》的主人翁確實要是位土地測量員。

一個文學空間，如果不能想像自己不在場，甚至所有的不在場，包括空間的延展性本身，如果文學空間不是缺席本身的話，那麼，應該要是個可以讓自己迷失的空間。我們不會陌生迷宮的隱喻：迷宮與書是同樣的事，諸多的可能性留在裡面。創作出一個可以讓自己迷失的空間，或，在一個空間中迷失而創造自己。傅柯迷戀著閱讀巴塔耶，閱讀之間他說，不是為了米諾陶（註一）而建造迷宮，而是有了迷宮，才創造出了米諾陶。

進入迷宮，當然不是為了找到出口，而是迷途於中。或莒哈絲的瘋女，不停地走，為了迷途而不返。

班雅明說：「**在一座城市裡找不到自己的方向，可一點也不有趣，但在城市裡要像在森林中一樣迷路，則需要反覆練習（……）。直到多年後，我才學會這門藝術，實現長久以來的夢想。**」

初抵巴黎，我二十四歲。我幾乎一無所知，包括語言。沒有固定的住處，常常一天只吃一條 Baguette。我不知道怎麼買地鐵票，身上只帶著兩張影印的第五區與第六區地圖。甚至，那不是為了文學或學術理由。可以說，我學到了一種方法嗎？我覺得自己更野更直覺，更不信任與更放任。也學會暈眩，在迷宮特有的感知。

之後，我開始想寫點東西。並且很久以後才察覺，我已經在寫了。

剛回台的前幾個月，我幾乎被囚禁在一個庸俗的、由人與其價值觀所形成的環境當中。彼時我更加確定，文學空間從沒允諾過任何事情；好處是，它亦不會預先以條件式否定任何可能。實際上，樂觀一點的話，這已經是一種允諾了。即使非常短暫的、恩賜般的時間與空間，我在那個原來場所（註二），每週五晚上，以沙龍為名談書。在那馬拉松般的幾個月，在那，文學空間有種具體的形式存在（但不是文學空間本身）。我就書論書，在沙龍空間遊走，任意選書與聯想或詮釋。我想，一個文學空間，即使是布朗修所定義的那麼「**否定**」，一切的不是或缺席或沉默或一再重啟，關乎的還是一種認識的方法。如何去認識、如何去找尋認識的方法。

我認識了什麼？我每一回，包括將來可能的、在不同地方以不同方式「說話」，我都會說：我無法真的說什麼。我「就書論書」的講座間，談的並非書的內容，亦非書關於什麼，而就是單純的「**我讀**」。

我想像的（我未必擁有、或「在」過的）文學空間是個允許**流變**（devenir）的空間。即便是寫作也是，在那裡「寫作」無法名詞，而是「**寫**（écrire）」，動詞原型。

更理想的話，有個文學空間，而「寫」只能產生在其外的地方，或非地方。

嘉漢，關於文學空間，我喜歡艾可談哥倫布的一段。在那個時代，博學之士們算出精確數字，足以相信整個地球球體事實上是更大的，足以取笑哥倫布這位來自熱內亞、眼界有限的船員，打定主意向西航行、以抵達東方，的愚蠢。但哥倫布聲稱「受神聖之火啟發」，又自豪於航海經驗老到，且一點未意識到自己的天文知識大有問題，總之，這樣的他，認為地球沒有人們說的大。哥倫布毅然上路。

然後，無論博學之士們或者哥倫布，誰也沒想到歐洲和亞洲間還有一片大陸。……艾可以這故事來論證「**真實和錯誤的界線有多麼接近**」：博學之士是對的，卻終究是錯的；哥倫布是錯的，可堅定在錯誤的道路走下去，來到對的結果。

對我來說，這是文學空間的展開——朝向虛空，斷然走出去、做下去。虛構一扇門，優美旋開，就長出門後的世界。重重迴繞，疊成錯綜的地坪、不存在的房間。然後故事發生，一切都是真的。

如同你提到的初抵巴黎晃走的暈眩，如同你說回國後，在這狂亂地平庸著的環境裡起一個談書的沙龍。迷亂與嚴謹，因書寫與持續書寫，收束成相同的直覺與放任。一個、再一個文學的空間，文學被允諾永遠可以以任何一種樣子走出它的空間。

而這些，以及你說的為了擁有迷宮，才變出了迷宮中央的獸，種種，是怎麼形成的呢？我想起了德勒茲界定勞倫斯之作為偉大的景觀畫家，他說在文學家的畫布上，一切非關光線、光暈或任何顏色，因為「**最優秀的作家其實只有單一的知覺，供他們汲取或形成真正景象的美學知感**」。換句話說，在文學，事情是這樣運作的：內在的沙漠，投射地包覆外在的沙漠，內在的海洋，瞞騙地成為外在的海洋、唯一的海洋。

事實是，甚至，並不是一隻早有了形體的米諾陶，才有了那座曲折的迷宮，而是，每新增一筆獸的細節，建築體裡新的區段、部落、介面、甚至維度，就要浮現。迷宮是創造本身。然後再回來看哥倫布的故事，那個歐亞中間的大陸，真只是誰都未曾知曉地等在那裡嗎？還是在哥倫布正式上路後，隨每一縷日光與月光，每一天新進展地纏上藍色、或所有顏色、的浪，一個大陸，在越來越近的遠方，織出自己，即將成為一個新的國度、一個朝未來打開的時空？

嘉漢，到底，是怎樣的空間，醞釀了文學？又或者從來只有，筆尖鏤出深淵，時空與時空的扣合、轉換，都在染開的墨漬底，像電影《2046》那種幽閉，也是那種陌遠？

文學被允諾永遠可以以任何一種樣子走出它的空間。

ROLAND BARTHES
La préparation du roman

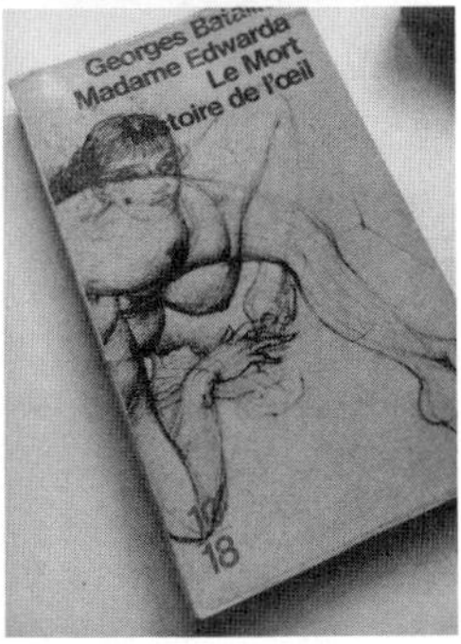
Madame Edwarda
Le Mort
18

Marcel Proust
À l'ombre
des jeunes filles en fleurs
Les Classiques de Poche

CLASSIQUES MODERNES
RIMBAUD
ŒUVRES COMPLÈTES

四、寫作的準備

以曦，弔詭的在於，思索文學時，不論是文學與作家、文學與語言，或是我們談論的文學與空間，都像是梅比斯之環（註三）那樣無法分辨內外。是空間裡誕生了文學，還是文學扯開了空間？我不信任文學的生成學，拒絕思索文學如何產生的任何問題。即便是以最具體的個人，我也只將「文學啟蒙」等之類的言說視作一種事後的建構。

否定那麼多，我卻不準備談論文學的無用（光談論本身就是取巧的）。然而文學本身的許多否定我的確完全認可：文學的蒼白荒涼、文學的無力、文學的不在場、文學的始終沉默、文學的全然孤獨，包括文學本身的不存在，都是文學可以包容的一切否定；儘管積極過頭妄想般的，譬如**宇宙是一本書**（馬拉美），**天堂是圖書館的樣子**（波赫士），這類想像在我那裡，像是個簡單的事實被接受。

進入這個對寫以來，我不擔憂各說各話、不擔心誤解、不擔心質疑詰問、不擔心破局，最擔心的，反倒是被輕易的認可了。

一直以來，對於書寫中的「我」，對於書寫中的「**說話主體**（sujet parlant）」，我幾乎到了庸人自擾的程度。

哲學的我不是人類的存在，不是人類的身體，也不是心理學關心的人類靈魂，而是一個形上學的主體，他是世界的邊界，而不是世界的部分。（維根斯坦）

我（Je，主格）或我（Moi，賓格）是連繫於聲音的。（……）最重要的，所有的聲音在『說』：有某人在講，一個我（Je）在講。（梵樂希）

或是布朗修：「**此刻，此刻我正在說話。**」

於是，看見沙漠。波赫士的另一種迷宮：無窮盡的沙漠。

像莒哈絲說的：「**自從我告別了童年（……）我比以往更孤獨了。我知道日後將開始寫書。我的生活像一大片沙漠，在沙漠中我所能見的、日後能做的，只有寫作。**」

所以，又回到原點了？依然莒哈絲：「**我以為我寫了書，但是從來沒有寫過。我什麼都沒做，我只在一扇關上的門前等待。**」

如果不具備關於文學完整的想像能力，至少我還能擁有隱喻，借用他人的。寫作，或說我最終能做的只是寫作的準備，如同普魯斯特的漫長書寫，只是創造一個最後準備好寫作的人，這些都無關緊要。在文學裡，每個人同時可以是第一個人與最後一個人；是最獨特的人也是沒有個性的人。

選擇了（或被選擇了）這條路，永遠不被保證，包括失敗這件事。這令我無比安心。如果在文學門前，不論門是敞開或緊閉，不論守衛如何，也不論門後的世界是如何，無論能夠如何作為或不作為，至少我們知道，這道門確實為我們而設。

「**我知道什麼？**」在這樣的想像下，不，或許真的只是一種簡單的挪用而已，成為撫慰般的問句。或是普魯斯特筆記中所寫的：「**必須寫小說嗎？還是一個哲學研究？我是位小說家嗎？**」提出這樣問題的，不是還未成為作家的普魯斯特，而必然是自始至終都以不同的形式提出問句的普魯斯特。

寫作中的偶然地短暫相遇，如妳與我在此或在彼，能允諾的似乎也就是可以不被允諾，我固執地認為，這應該就是可能性本身，一個可以環繞世界又可被抹去的問號。

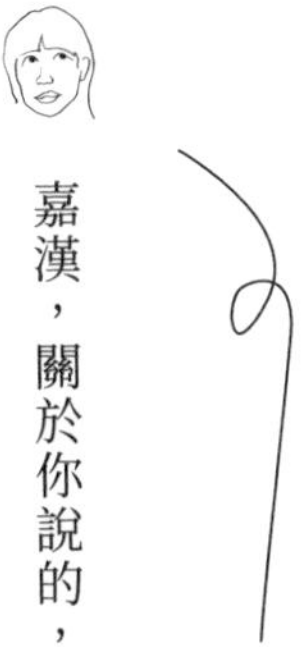

嘉漢，關於你說的，寫作的風景，或寫作的準備的風景，說話的風景，或正要或即將但終要被永遠推遲地開始說話，的風景，在我腦海湧現如此視象，那是品瓊《固有瑕疵》最末處，主人翁多克拿出放大鏡，對著被塞進廚房門下的信封裡一疊放大了的照片，逐一仔細觀察：

……所有畫面都變成了一個個小色點。這就像在說，無論如何，它都到達了某種極限。就像找到了無人看管的、通往過去的大門，它並未禁止入內，因為根本用不著。最終，在回溯真相的過程中，得到的東西就是這種閃爍光芒的懷疑碎片，就像索恩喬的同事們在海事保險中常說的那個詞——『固有瑕疵』（Inherent vice，海運保險專業術語，指貨物並非因由運輸途中外部因素受損，而是自身的缺陷不足。就像雞蛋碎了）。

品瓊小說裡那麼跋涉而艱難的一切謎題，交織著、層疊著，終究指出的原點，或終點，是最起頭就閃爍的事項。但未走完全程之前，任何縫合、任何追索、任何淘洗，都透不出意義。命運不再是哪個最初或最後的點，而是由那某個點所暈開的無盡。最後我們會知道，重點竟不是該個「固有」，而是「**瑕疵**」。

僅僅只是走上寫作的路，我們竟也就去到整個斑斕的、狂亂的、主題樂園般、由駭麗的遭遇所攏起的世界。僅僅只是走上寫作的路。或者事實上除此之外並沒有別的入口。

開始寫，我們就不在哪個已寫就的平面。開始寫，就保證某世界的繁衍。然後，有了維度滮動的冒險，在反饋的迴路間，疊出邏輯上不可測量的字跡與筆觸。

從這個角度來看，關於「**我**」的樣子，或「我」的本質的等等錯亂，會不會變得輕一點，或無關一點？把啟動的難題，切換成延續的難題，那個無解，是不是就可以被緩解？

文學真是無用的嗎？無止的問句真是敞開的懸置嗎？

在我心中，那個類似參考點的東西，是符傲思一再提起、讓他著迷卻又慶幸遠離的矛盾意象：一個古老的化石，上頭永恆的、數學式的迴旋圖樣，提示著萬物依循平行軌道運轉不息，「**存在本身並無任何歷史可言，總是活在當下，總是周而復始地，一再重演生命困在某個邪惡機器中的殘酷事實。**」……，由此推定，人類的創造，比如寫作，是獲得另個命運的唯一方式。

無論是怎樣的後設或解離的「我」，無論沙漠有或沒有邊界，有或沒有一個沙漠的本體，我們總之就開始寫吧！第一句的第一個字是「我」。無論等著的是虛無或豐饒。世界即將關上，我們趕快離開，趕快進駐。

（發表於《印刻文學生活誌》一六五期，二〇一七年五月）

註一——米諾陶（Minotaur）：希臘神話中，居住於克里特島迷宮中的牛頭人身怪物。minotaur 是個複合詞，由表示彌諾斯文化的 Minos 加上表示公牛的拉丁語 taurus 構成，直譯意為「彌諾斯的公牛」。米諾陶是由克里特島國王彌諾斯之妻 Pasiphae 與海神波賽頓賜下的白牛交媾後產下。後遭解救雅典城的傳說英雄 Theseus 於破解迷宮時殺害。

註二——指朱嘉漢曾於二〇一六～二〇一七年策畫的一系列 Bonheur，Bonne Heure 茶沙龍文學講座。

註三——梅比斯之環（Möbiusband）：一種只有一個面（表面）和一條邊界的曲面，也是一種重要的拓樸學結構。由德國數學家、天文學家 August Möbius 和 Johann Listing 在一八五八年發現。

譯名對照

帕斯卡 Blaise Pascal（法國哲學家、科學家、藝術家）
盧梭 Jean-Jacques Rousseau（法國與日內瓦哲學家、政治理論家）
梵樂希 Paul Valéry（法國作家）
班雅明 Walter Benjamin（德國哲學家）
羅蘭・巴特 Roland Barthes（法國符號學家、評論家）
蘇珊・桑塔格 Susan Sontag（美國作家、理論家、女權主義者）
柏格森 Henri Bergson（法國哲學家）
巴塔耶 Georges Bataille（法國哲學家）
莒哈絲 Marguerite Duras（法國作家、電影導演）
布朗修 Maurice Blanchot（法國哲學家）
艾可 Umberto Eco（義大利小說家、評論家）
德勒茲 Gilles Deleuze（法國哲學家）
勞倫斯 D. H. Lawrence（英國作家）
維根斯坦 Ludwig Wittgenstein（奧地利哲學家）
符傲思 John Fowles（英國小說家）

延伸閱讀

蒙田（Michel de Montaigne），《蒙田隨筆》（三卷），馬振騁譯，台北：五南，二〇一九年。
牟斯（Marcel Mauss），《禮物——古式社會中交換的形式與理由》（簡體中文），北京：商務印書館，二〇一六年。
朱嘉漢，《禮物》，台北：時報，二〇一八年。
湯瑪斯・品瓊（Thomas Pynchon），《固有瑕疵》，但漢松譯，台北：木馬文化，二〇一五年。
王家衛導演，《2046》，二〇〇四年。

不是我的作品

朱嘉漢

關於對寫，也許還是關乎於形式。不論內容，也不論對寫者雙方的身分。首先是一種關係，透過對寫，思想與意義在這當中「正在生成」，對寫的兩端才逐漸、模糊且不停止變化的，擁有面孔。

如果是真正的對寫，如我們即將呈現的，「我」與彼方的所展現的文字交換、相互挑戰、甚至互相誘惑、針鋒相對或互相註腳，請記得：無論你看見怎樣的表演性、精彩性，當初在書寫時都是無比專注的。意思是，這或許比獨自書寫「屬於我的作品」（例如小說）更加無視讀者，以最大的專注將話語拋向「不是我的作品」之中。

卻也因為如此，忘我地投擲話語，交會在一個個偶然的點上，卻在那其中，我瞥見了自己的面孔，乍現了自己思想的形貌。現在，這些不屬於我們卻關於我們的話語，呈現在你們的面前，與你們對話、傾訴，甚至也聆聽著你們。就在此刻，閱讀時間正在進行。

朱嘉漢

一九八三年生。曾就讀於法國高等社會科學院歷史與文明博士班。著有長篇小說《禮物》。

黃以曦

作家，影評人。著有《謎樣場景：自我戲劇的迷宮》、《離席：為什麼看電影》。